附箋

岩瀬順治歌集

現代短歌社

目次

附箋

ふる里

変わっても変わらなくてもふる里は仕舞い込まれた過去と会う場所
越えてきた渡れなかった山と河いくつもあって今ここに居る

ふる里の街の通りは幅狭し合わなくなった上着のように

青春は幾多の変換可能性「確定」キーはまだ叩かない

「若者は戦争しない」とシュプレヒコールひまわりの群いっせいに揺れる

今にして思うことだがさびしくはないと言い張るほどのさびしさ

魂の闇の淵よりのぞき入るオリオンの星の白きまたたき

チョーセンと嘲る友を止めなかった少年の日に今向き合っている

いさかいに負けた記憶の残り滓ばかりがこの性格をつくりしか

「正月はいつ帰るのか」病む父の電話の声にまだ張りがある

温ぬくと外の世界をはばむ殻破るべき殻ふる里の殻

置き手紙

何気なく鼻歌となる通勤の車中に聴いたフィガロのアリア

禁煙にイヌ派ネコ派があるのです公言する人内緒にする人

命がけで庭に下りくる雀見てのどかな風景だと思っている

タバコ喫いオレは何でもできるぞと自分にしがみついていた日々

これまでの人生観ではもう無理と葡萄の房をもち上げてみる

「肩パッドはずして力を抜きたまえ」写真の中の啄木に言う

安心と無事をではなく魂を揺さぶるような出来事祈る

辛くても悔しくってもなぜかこう笑ってしまう癖がまた出る

我が深きおぞましさとの格闘は書かれぬままに日記積まれる

排気ガスをそよ風にして道端のエノコログサは夕陽にひかる

よいことがあるかもしれぬ赤信号停車ではじまるフィガロのアリア

すれちがう日の置き手紙「お帰り」ではじまり「行ってきます」で終わる

露草

いや待てよ現在完了形に《継続》の意味あることを忘れてはならぬ

透きとおる空にコスモス揺れている人の善意が信じられる日

戦争に心ならずも加担した過去負う決意日本キリスト教団

役場まで「ノーモア・ヒロシマ」三万歩同じ数だけある核兵器

なによりの自己表現が素顔だと気がつくまでのガングロメイク

「九条が世界遺産になりました」二十一世紀最初のニュース

もう好きに咲いていいのに太陽に懸命に顔向けるひまわり

水滴のプリズム抱いて蜘蛛は巣をはりめぐらせて朝日待っている

あの時のあのひと言が閉め切った扉のノブにぶらさがっている

むしられるその瞬間も露草は雄蘂を二本ぐいと突き出す

文化まで従属させぬしたたかさ「ナイトゲーム」は「ナイター」でいく

光ファイバー

犍陀多に降りて来た糸より細い僕らをつなぐ光ファイバー

着地する場所など知らずたんぽぽの絮毛は凛と風に飛び乗る

マグマ噴きプレート軋む地球には人間のことなど眼中にない

選ぶ自由拒否する自由われになく生まれてきたこといつか死ぬこと

「ちゅうこえんこちっせん(十五円五十銭)」の発音ゆえに引かれ行きたる友語る祖父

年表の別べつの欄にある高度経済成長とベトナム戦争

人権をかかげて革命した国と奴隷売買した国おなじ

ふるさとの終着駅に着くときは電化されても汽車なのである

のしかかる土塊を朝一番にパワーリフティングする霜柱

追われてもたかりくる蠅したたかに揉み手しながら複眼さする

インディペンデンス

古代さえ禁じた復仇に熱くなるグローバリゼイション先進の国

さみどりの葉擦れ届けてくれる風信号かわるまでの十秒

具たっぷりの水団食べておいしいと喜ぶ子らの戦時体験

一面の白詰草に一枚も同じ葉っぱはないことを知る

九条の国に「あってはならぬこと」誤射ではなくてファントムそのもの

八月の朝靄のなか荊冠のキリストに似た原爆ドーム

独立の名を誇示しつつ踏みにじる佐世保に空母「インディペンデンス」

『あたらしい憲法のはなし』正しさは武器より強いと述べて鮮やか

ドン・ジョバンニの誘いのアリアが問いかける生きたいように生きているかと
気の重い用事も手帳に書き込めばなんてことないたったの五文字

観覧車

五回目の禁煙記念日明日に控え般若の面が微笑んでいる

梅が咲き菜の花が咲き新しく生きなおそうとする僕がいる

木枯らしの吹き抜ける道はたはたと完全閉店売りつくしの旗

スーパーの惣菜で知る旬の頃蕗の天ぷらほのかに苦し

閉鎖したレジャーランドに立ち枯れの向日葵のごとく観覧車聳ゆ

コスモス

新しき年度始まる街路樹の若芽のみどり雨に洗わる

忘れずに梅雨にそなえる紫陽花の粟粒ほどの蕾の緑

上手くなる新人売り子の愛想笑いうれしいような不気味なような

灯を消して後の闇より降りてくる霧雨のごとし形なき悔い

語尾上げるイントネーションさり気なく同意求める眼差し添えて

バーバラを記憶にとどめ伝えゆくテロ報復に抗した一票

徹夜して書いた草稿雨上がりの朝日のなかを仕上げに向かう

手賀沼の冬景色という油絵は朝日にも見え夕日にも見え

生きる意味探し歩くは言葉など憶えてしまった罰かも知れず

ちっぽけなペシミズムなど沈みゆく詩編全巻筆写を終えて

だから好きコスモスの花　秋に咲く桜とも書く訳せば宇宙

のがれたい自分という枠あの森の向こうに行っても同じ現実

麦藁帽子

年一回平和行進のためだけの麦藁帽子棚ひとり占め

本物は耳に聞こえず目に見えず声荒げるほどに遠のく正義

癌を病む友への賀状を前にして贈る言葉をヨブ記に探す

ひとり身は淋しかろうと言いつつも家族といても淋しとつぶやく

四季を生むヒマラヤからのモンスーンときけばなにやら爽やかな梅雨

五番目のつばめの雛が巣立ちした後の静けさこれが日常

さざ波

泥色の水溜まりにも白い雲さざなみ立てて春近づきぬ

代償に大切を失う予感して携帯電話に新機能つく

ケータイで世界と話せる世にありて劣化ウラン弾遠き出来事

捕囚、拉致、強制連行した史実正視するよりほかにすべなく

聞き慣れた理由は戦火すらすらとボスニア・ヘルツェゴビナと言える悲しみ

夕立に濡れたもみじ葉落柿舎の鹿威しの音にかすかに震う

試されているのは我等改憲を上目づかいに言う候補者ら

日中の残暑は去りて木から木へ滑空するヒヨ鬨の声あぐ

立ち止まりわれを確かむ年ごとに早まる時の過ぎ行きのなか

争点の届かぬままに開票の明けてこの朝白椿咲く

小樽小旅行

「ご自由に触れてください」デスマスク多喜二の頬は冷たかりけり

拷問の痛みつたえるデスマスク右の頬骨わずかにへこむ

うっすらと霧のただよう夕まぐれ小樽運河にガス灯点る

荷を担ぐ港湾人夫はレリーフの中に小さく嵌め込まれたり

カンテラの無数に下がる蟹工船模したビアホールに歓声あがる

ビー玉

裏道を疲れて帰る夏の夜　蕺草《どくだみ》は地に貼りついて咲く

自らの紡いだ世界の真ん中で蜘蛛は逆さに足を踏ん張る

今日の日をとにかく終えて冬の月澄んだ夜空にぽかんと浮かぶ

温暖化の病の急を告げるがに発生即上陸の台風

みずからの重みにたわむ頑なさついに裂けたり柘榴の外皮

ペン皿に一個残った少年の日の傷あまた青きビー玉

大切ななにもしないという用事スケジュール表に余白を保つ

秋の日の幼きわれへワープする刈田の草の匂いたつなか

礼拝をひと月欠いて魂に渇き覚えることの幸い

出勤の途上路地裏異界への扉のような空き家一軒

底冷えの大寒の頃裸木の桜の枝先微かに反りぬ

揺れる葉の波間にやっと顔上げて蓮のつぼみは息継ぎをする

駆除

国挙げて自爆を強いた史実ありわずか七十年前の吾が国

詩編ひとつ諳んじて知るここちよき新共同訳口語のリズム

わが嘆きいかにも卑小なるを知る捕囚の民の詩編読むとき

大きなる石仏彫りしもその顔をそぎ落したるもニンゲンなるも

増えすぎたコアラはもはやゴキブリと同じく駆除と称して撃たる

竜頭

竜頭巻くをときに忘れた頃のわれ今より優しき時間を持てり

愛読書といまだに言えず憧れのままなる『パンセ』『エセー』『魔の山』

人類の英知を集めヒロシマが昔話となる日あれかし

鬱もまた恩寵だった主はわれに神学校へと道備え給う

短歌の種走り書きする眠剤の効きくるまでの時を惜しみて

進化して両刃の剣研ぎすます新型アシモのニュース見ている

雑踏にまぎれてわたしをとりもどす仏の座を見て喜ぶわたし

「腰にきた」とジャッキー吉川古稀となりブルー・シャトウのドラムス叩く

眠られぬ夜の読書は眠たくて『眠られぬ夜のために』のために

武器もたず戦争せずを空想と言わんばかりの論ははばからず

奴隷海岸

アフリカの地図に地名は消されおり奴隷海岸象牙海岸

不器用に折られた大きな鶴一羽ノートブックの罫線が見ゆ

なにゆえに活用せぬかと刺すように照り降り注ぐ夏の太陽

聖研に縊死せしユダを学びつつ年三万人の自殺者思う

田舎にて食った無花果甘かった汲み取り便所の側になる実は

遠くにかそれとも耳のすぐそばか静けさにある静けさの音

ナチ五輪ベルリンの壁その破壊全部見ていたブランデンブルグ門

職退きて年賀状の数増えたるをありがたく受けよろこびて書く

筆順

懐かしきコーラ・グラスで飲む水は縄文土器の香りを放つ

目覚むれば夕べの雨は降り止みてヴェールで覆いしごとき静けさ

若き日の荷に『神経が図太くなる本』『女心を読む本』出で来

ファイルにはＡ４Ｂ５が混じり合う何かが変わる兆しの過渡期

干涸らびてもうからからからで予定なき明日の休日雨降るという

祈ること余りに少なき一年をまたも過ごして年の瀬となる

いやはりそれでも前を見ていたい否定語ひとつ歌稿をなおす

太陽に背を向けた向日葵の意外に多い向日葵の海

限りなく近づくだけのものなれど漸近線をしかと見据える

冬空にこぼしたるもの夏空に汲みあげている北斗七星

筆順は秘めこしものをさらけ出す見られたくない字を書くところ

八重雨

病む友と自分に宛てて葉書出す「蒲公英咲いた」「土筆みつけた」

音読に適したリズム心地よく新共同訳聖書声出して読む

この夜更けパソコン内蔵辞書を出でて言葉探しにさまよう荒野

この地球戦火が絶えず「かぐや」には赤く燃えてやせぬかと怖る

二十万語の「ランダムハウス」押し花の重石となりて今も働く

鍵付きの日記とブログの併用で二重帳簿のごとき人生

わけもなく悲しい気持ちに沈むとき祈りを知らぬ昔思えり

インド洋給油活動出艦の「軍艦マーチ」たしかに聞いた

おぞましき史実に向き合う戒めの時間となせり斉唱掲揚

短歌なんぞもう作らずに済みそうな気がしつつ聞く夜の八重雨

附箋

一瞬の躊躇いもなし粘着力失せし附箋は使い捨てらる

イアーゴの瀬戸際外交功奏し世界にオセローばかりが犇く

東京に夜行バス着く朝靄に異常発生したる人類

耳遠き父親の見るテレビ音掻き消すためのショスタコーヴィチ

老父母の真昼の会話をふと聞けば逝った呆けたあの人この人

さらさらのピアノの粒をねばっこいヴァイオリンが拾い集めるソナタ

父の聴くナツメロ全集「柔」までそこから始まる僕のナツメロ

戦争を知らない子供で生きてきて平和を知ると言えない大人

古道具市で求めし眼鏡枠偏向プラスチックレンズで使う

核武装論者たちをば非国民呼ばわりしそうなわれを恐れる

人材とせめて呼ばれて資材より厄介などと取り扱わる

送り火

行く道がかつて来た道に見えるとき白き満月寄り添いくれる

本来は黄金の稲穂であるはずに色とりどりの秋桜揺れる

選集と二十歳の僕を本棚に並べなおせりサリンジャー死す

覚えっこせし首都の名のブカレスト・ソフィア・ワルシャワよき響きなり

巣をもたず家族も育児も寂しさも捨てた郭公御社に鳴く

朝顔の蕾のようなガラスペン使うインクはヘブンリー・ブルー

筆圧の歪みも滲みも今だけのあなただけへのわたしだけの字

眠れない僕を見ている夜の窓鏡の中に鏡を持ちて

送り火が消えて聞こえるオノマトペどどっぽどどっぽざんざんばらん

裸足

三十代路上生活者急増のニュースの背後に高層ビル群

爪をやや深めに切りてひと夏を置き去りにせしパソコン開く

職退きて見る幕下の取り組みのたれたれ下がりと裸足の行司

まず「ノ」から入るべきところ成・有・右またも「一」を書いてしまいぬ

青森の友と分け持つことにして太宰治全集第八巻を欠く

オルガンのフーガにからめとられつつ繭のぬくみに落ちゆく眠り

どうしても越えねばならぬヒマラヤを前に羽繕う一群の鶴

ギルボアでサウル家滅ぶサムエル記上巻終章よむ雨の夜

dボタン

静けさの異変に目覚む街灯の光の傘下に雪降りしきる

これ読むはあれ読まぬこと限りあるわが持ち時間いとおしさ増す

「生れざりし方よかりし」と告げてなおみずから黄泉へと主は下りたり

ひっそりと裏口から来てのさばると言うではないかファシズムも死も

生き残りかけた付加価値リモコンのｄボタンなど押すこともなく

街の灯のまたたきを背に夜の川渡る電車の行き先知らず

堤防の桜並木を包み込み音もなく這う夜の川霧

祈るようイエスに言われしゲッセマネ早春の夜の眠れぬ幸い

群生の犬の陰嚢はたちまちになだれを打ちて菫囲みぬ

何処より来て沿い走る白犬とわが自転車を空へ向けこぐ

遅ればせながらに読みぬ遅ればせながらの似合う村上春樹

空高く聳えて立つも路地裏に埋もれて立つも等し十字架

雨垂れと鼓動のずれを言い訳に眠れぬ夜は眠らずにいる

空白

我が影に太陽の位置確かめる金環蝕まで二カ月を切る

ときたまに京都の空を飛ぶヘリの一分間にわれは苛立つ

君よりも三倍五倍待ちに待ち待ちて今君といる斜陽館

やることはやったじゃないかと言い聞かせ黙る自分にまた言い聞かす

紀元節皇紀年号年賀状寄越せし友の逝きて久しき

なぜだろうキンチョールに似た匂いして母の日の夜大輪の百合

修正液塗った一字を書き忘れその空白の窓に木洩れ日

迷いなど乗せる余地なしひと粒の種ひっさげて絮毛飛び立つ

ジュリーとは誰かときいたわが父の顔にて子にきくミスチルって誰

エマオへの道

宛なしとばかり思いて暗闇を歩いていた道エマオへの道

名も無きと「雑」で括られる草の葉の一枚たりとも同じものなし

減ってゆく残りの頁を惜しみつつ読む本に会うために本買う

春風に吹かれてダビデ咲き過ぎたチューリップの花バト・シェバを見た

書かずにはおれない日記四十年若かりしゆえに老いゆくゆえに

朝顔の彷徨い揺れる蔓先を萎えし指にて支柱へいざなう

歩き出すそのことだけを共有す信号〈青〉の横断歩道

孫あらばその手の指をひらくごと聖書の頁の皺のばし繰る

世界史が聖書がニーチェが経済がこの一冊で「わかる」本積まる

レノン忌とパール・ハーバー、十二月八日は平和をイマジンする日

十字架の前夜のごときこの国に極太の「絆」墨滴れり

すぐそばに主の息遣い感じつつ長き迷いに決断下す

七年

不本意を本意に変える再出発鬱に断たれた七年提げて

手袋の片方無くしてもう片方捨てたら見つかる無くした片方

眠れる日眠れない日が交互にて四十八時間が僕の一日

厳選に厳選重ねたはずなのに読みたくなるのは置いてきた本

正直は偽善だなどと生え初めし髭の濃くなる少年の顔

非正規化過疎化孤立化高層化絆を叫ぶ声の電子化

挫折など何度もできて若き日々「風に吹かれて」いればよかった

ことさらに決心せしか献体はどこかやっぱり無理をしている

庵

川沿いにゆうらりと飛ぶ蛍いてまず携帯のスイッチを切る

ゴール後に走り終えたとしばし伏し走り切ったと湧くように起つ

喜寿傘寿卒寿白寿の寿とは呪のことではないかと思うこのごろ

還暦にわが方丈の庵とす新建材１Ｋプレハブアパート

仕事とは楽しきものだと知るための鬱だったのか復帰果たせり

浮き草の葉裏にびっしり繁らせて髭根は摑めぬ水摑み生ゆ

蕗の薹と読めても書けない漢字から液状化する春のおとずれ

オペ前夜「シャワーに清む」と短歌残し文芸欄にその名途絶えり

永遠の平行線が交叉する非ユークリッドな僕の友だち

劣化して朽ちゆくものこそ愛しけれLPレコード文庫版『エセー』

学生にはじめて席をゆずられて中年と初老の狭間に坐る

花冷えの夜の公園人気なく風にさゆらぐ満開の花

みずからの言葉とのひとり相撲からやっと抜け出す君のメールに

寒と暖日差し雨降り雪に風巡らせながら春翔りくる

君だけに届けようとでもいうように窓を閉めれば感度増すラジオ

懐かしきものみな重し汽車の窓車のハンドル電話の受話器

決着をつけえぬままにさまよえとばかりに終わる『ノルウェイの森』

羊雲

両の翼水搔き尾羽いっぱいに広げて今しも鴨着水す

山の危機知らせる使命帯びいしに里に下りし熊射殺さる

切る者はいつか切られる蜘蛛の糸手繰り昇れる犍陀多は我

思いやりも親しみやすさも憎しみも電気信号となりてロボビー

わが死後も地球の周るを理不尽と芯から思いしこととの理不尽

円安の水島港に輸出車の船内搬入手際を見に行く

第一次パウロ伝道旅行先キプロス発の金融の危機

戦争はしないと誓いし舌の根な乾きそいまだ七十年を経ず

このように生きたかったという人の今を生きているかもしれぬ我

隣席で説教メモする老婦人楷書で書かれたそのメモの文字

牧場にも海にも見えて秋の空羊も鰯も群の整然

月の地平

荒涼たる月の地平に昇りくる地球は破裂しそうに浮かぶ

ただ一度タイムマシンに乗れたならイエスの説教ガリラヤで聞く

ぶつかってゆける相手を探しつつ最後の最後にぶつかる自分

パンを裂きブドウ酒に浸す聖餐式イスカリオテのユダなる気分

『歎異抄』講義カセット開けぬまま棚に褪せゆく金の背表紙

十戒に「殺すなかれ」とあるものを殺戮続く「ヨシュア記」に倦む

デパ地下の試食じゃないかはじめての聖餐式見た友の言い分

癌に逝きし友と肩組み金色の日差しに満てる御国の夢見

ウォーキング・コースを逸れて土曜夜明かり眩しき教会書斎

ほどほどに元気な雨の日声上げて詩編を読むと空っぽになる

復原のアンネ自筆の日記帳インクにじみて行乱れなし

焚き火

目をそらす向き合い方もあることを電車の座席に思いいたりぬ

過去なのに未来の日本を見るごときＣＧ駆使した「パール・ハーバー」

砂嚢でも粉砕されぬ殻を得て野鳥に種を運ばせる樹々

完全に制御されてと完全に否定されたる神話語らる

ときに待ちときに追いかけ知らぬ間に叶いし小さな夢を数える

霜焼けも焚き火に芋を焼くこともなくなりて今日木枯らしが吹く

クリスマス・ツリーを飾りし両の手が除夜の鐘撞き今朝破魔矢持つ

雨垂れ

口角を上げる角度は十五度と数値化される「自然」な微笑

平凡を厭いてありし若き日をかけがえなしと年重ねけり

ふる里は道幅ひろき街となり子供の僕にはもはや会えない

寒き夜風立ちたるや時刻むごとき雨垂れときに乱れる

肩落とす地上の男に月よ寄り添ってやれよと雲流れ去る

鴨一羽川下目指しまた一羽飛び立つたびに春が近づく

写経会

帰省して母と連れ立つ大覚寺「一」の付く日の朝の写経会

保護色は心に浮き出る縞模様ゼブラゾーンに傍観者でいる

落ちたくて落ちたんじゃないと犍陀多が今は言葉の海にてあがく

本当は月に吠えている虎のはずが夜間たすきしてひとりごと言う

雑草の細き根深く網を打つごとくに固き土塊つかむ

ひとつしかない月なのにひとり占めしている人が世界中にいる

「健やかな体にやどる健やかな心」疑う病得てより

ウ冠ではなく「空」は穴冠落ちていきたい底なしの青へ

宇野港の連絡船に鳴る銅羅が今はなきゆえふる里の音

十四度古今集書写の定家にならい窪田空穂を書写しつつ読む

都忘れ

訪ね来る人の減りたる応接間に都忘れのむらさきの花

石をもて追われたわけではないけれど帰る所にあらずふる里

「男ってみなマザコンよ」妻たちの言う時はみな語気が荒ぶる

浄水器照らす朝日が病院の廊下に小さな虹を結べり

旅しつつなにを如何にして食せしや西行像は頑健にして

秋晴れにきらめき舞うも人知れず夜中の雨に落ちるも枯葉

月の面が地球の影にひそむときはにかむごとく柿色に染む

封じたる内なる思い放つまじもうこれ以上柘榴な裂けそ

栞

なにもかも投げ出し叫び声上げて走る通り魔わが内に住む

自分史も日記も要らない主が知っておられる生きたことの証しは

居眠りは「ラズモフスキー」イントロで目覚めは「プラハ」のクライマックス

エチオピアの宦官真似てイザヤ書を声出して読めばフィリポ来たりき

身をよじり電線避けて飛ぶ夢に目覚めてひどく消耗している

わが受洗知りたる母のひと言は「同じお墓に入るんだろうね」

昨年度聖日礼拝皆勤の姉は花と詩編百二十一が好き

信号の青は「進め」ではないという誰かが責任逃れしている

従順なうさぎの切手は消費税　官製葉書に押しつけて貼る

嘘を書く僕もほんとの僕にして段ボール箱二つ分の日記

今僕の前を飛び立つ鳩の羽根マタイ五章の栞にと落つ

ひとたびは絶ちたる思い絶ちがたくこの道を行く祝されずとも

跋

安田純生

人間も、もちろん、そうであるが、世の中にある様々な事柄は、矛盾や、矛盾とまでいえなくても相反する、あるいは異質な要素を抱え持っている。ただ、そのことを強く意識する人と、さほど意識しない人がいる。歌集『附箋』の著者は、前者のタイプであるらしく、一つの事柄における複数の要素を対比的に捉えた作品が多く見られる。たとえば、前半部に次のような歌がある。

命がけで庭に下りくる雀見てのどかな風景だと思っている

辛くても悔しくってもなぜかこう笑ってしまう癖がまた出る

独立の名を誇示しつつ踏みにじる佐世保に空母「インディペンデンス」

気の重い用事も手帳に書き込めばなんてことないたったの五文字

大きなる石仏彫りしもその顔をそぎ落したるもニンゲンなるも

これらにおいて対比されているものをいえば、一首目では、命がけの雀と、のどかだと思う自分であるし、二首目では、自分の心のなかに潜む辛さ、悔しさとおかしさである。三首目では、空母インディペンデンスの艦名と、その行動であり、四首目では、或る用事に対する気の重さと、その用事をことばで書いた時の簡単さ、五首目では、「石仏彫りし」思いと、石仏の「顔をそぎ落したる」思いである。そして、こういった作品を通してうかがわれるのは、ひとつの物事の有する二面性ないし多面性を見つめている知的な視線である。いうまでもなく、それが、作品としてのおもしろさに繋がっている。

なかには、対比的な表現がユーモアを醸し出すこともあり、

眠られぬ夜の読書は眠たくて『眠られぬ夜のために』のために

田舎にて食った無花果甘かった汲み取り便所の側になる実は

鍵付きの日記とブログの併用で二重帳簿のごとき人生

などが、そういう歌である。一首目は、眠れない夜に、カール・ヒルティーの『眠られぬ夜のために』を読むと眠たくなる、ということであろう。この歌などは、声に出して一首を読むと舌を嚙みそうになる表現が、おかしさを増幅してもいる。二首目では、無花果の甘さと、「汲み取り便所」との対比によって、

もしかしたら無花果は格別の養分を吸収していたのかもしれない、などと想像されたりもする。三首目では、他人に読まれぬように配慮した「鍵付きの日記」の方に、より真実に近い内容が書かれているのであろう。これなどは、深刻な題材を扱っているともいえる。けれども下二句の比喩が、作者の意図がどうであれ、私には何かおかしく感じられた。

もっとも、「鍵付きの日記」に書かれた文章でさえ、本当に事実として信じ切れる内容なのかどうか。歌集中には、

嘘を書く僕もほんとの僕にして段ボール箱二つ分の日記

という歌もあり、「嘘を書く」ときもある「僕」が出てくる。そのほか、「書かれぬままに日記積まれる」「書かずにはおれない日記四十年」ともあって、これらによれば、四十年にわたる日記が、二個の段ボール箱に入れられて残されていることになろう。

ところで、歌集の巻頭に置かれているのは、

変わっても変わらなくてもふる里は仕舞い込まれた過去と会う場所

という歌である。ふる里は、かくかくしかじかの場所だ、という抽象的な歌い方になっているものの、要するに、ふる里に戻れば、哀しみや寂しさも含めて、懐かしく年少の折が思い出されるのであろう。ここでは「変わっても変わらなくても」と歌っているが、「変わって」しまったもの、昔は存在していて現在は消滅したもの、思い出の中にしかないものの方が、かえって懐かしさを強く呼び起こす場合もあって、

宇野港の連絡船に鳴る銅鑼が今はなきゆえふる里の音

が、そのことを明瞭に詠んでいる。直接にはふる里と関係していないけれど、

懐かしきものみな重し汽車の窓車のハンドル電話の受話器

なども、そんな懐かしさを捉えた歌である。「重し」は、思い出の大切さもあらわしているのであろう。また、

挫折など何度もできて若き日々「風に吹かれて」いればよかった

も、昔を懐かしんでいる歌であるが、「挫折など何度もできて」との表現が印象深く、共感される。「風に吹かれて」はボブ・ディランの作った唄でもあって、一九六〇年代に流行した。

この歌集に見られる、対比的な表現と、昔を懐かしむ歌とについて述べて来た。それ以外にも述べるべきことはあるけれど、紙数の関係で割愛する。しかし、キリスト者の作者を語る歌については、触れておかなければなるまい。信仰や聖書を題材にした歌は少なからずあるが、ここには五首だけを引く。

すぐそばに主の息遣い感じつつ長き迷いに決断下す
隣席で説教メモする老婦人楷書で書かれたそのメモの文字
ただ一度タイムマシンに乗れたならイエスの説教ガリラヤで聞く
自分史も日記も要らない主が知っておられる生きたことの証しは
エチオピアの宦官真似てイザヤ書を声出して読めばフィリポ来たりき

これらを読むと、強い信仰を感じさせられるし、一首目の「主の息遣い」や五首目の「フィリポ来たりき」は、幻想というより生々しくもある。二首目の「楷書」の文字は、崩した形ではない文字でメモをする「老婦人」の確固とした信仰を喩えているのであろう。一方では、自分自身の、あるべき姿を示しているかのようにも読みとれる。

著者は、「八重雨」の章で、

短歌なんぞもう作らずに済みそうな気がしつつ聞く夜の八重雨

と歌っている。しかし、「短歌なんぞもう作らずに済」むことには、なかなかなるまい。少なくとも、作者にとって短歌は、

一瞬の躊躇いもなし粘着力失せし附箋は使い捨てらる

と詠まれた「附箋」と同様のものではないはずである。

あとがき

仕事から帰ってテレビをつけると、葉月里緒菜のＯＬが緒方拳の外科医と不倫するドラマが終盤にさしかかっていた。エンディングの字幕に「原作・俵万智『チョコレート革命』」と出たのが目にとまった。すでに文庫本になっていた『サラダ記念日』『かぜのてのひら』の２冊と一緒に買ってきて読み終えたら、短歌を作ろうとしている僕がいた。

作ったら誰かに見てほしくなる。新聞投稿が始まった。一九九九年の初夏である。二〇〇〇年からは、毎週投稿することを意識的に習慣化して、今日にいたっている。投稿先の新聞・雑誌と選者（当時）は以下の通りである。

一九九〇年〜…『信徒の友』日本キリスト教団出版局（三浦光世・林あまり）
一九九九〜二〇〇四年…しんぶん赤旗（奈良達雄・日野きく・碓田のぼる・実盛和子）

二〇〇二〜二〇〇九年…『新日本歌人』（新日本歌人協会）
二〇〇五〜二〇〇六年…朝日新聞（佐佐木幸綱・馬場あき子・永田和宏・高野公彦・塩田啓二）
二〇〇七〜二〇一一年…日本経済新聞（岡井隆・穂村弘）京都新聞（中野照子・西村尚・河野裕子・吉川宏志）
二〇一二年〜…毎日新聞（加藤治郎・篠弘・米川千嘉子・伊藤一彦・大森智子）

二〇〇二年に新日本歌人協会に所属してみたが、毎月送られてくる雑誌の膨大な作品をどうしても読み切ることができず、二〇〇九年に退会してしまった。

十五年間の投稿で入選掲載作が三〇〇首くらいになった頃、岡山の「コムコム短歌会」の山口智子さんが「現代短歌社賞」のことを教えてくださり、応募してみることにした。他の短歌賞との大きな違いは、「未・既発表を問わない」ところである。受賞にはいたらなかったものの、佳作に入選して、自作についての選考委員の率直な感想と意見が雑誌『現代短歌』に二頁も掲載されたことは、僕にはなによりも嬉しかった。

学生時代の珍友、大塚俊君が表紙の絵と挿絵を描いてくれた。ありがとう。

倉敷医療生協の健康班会としておこなっている「水島短歌会」の仲間たち、あれこれ好き勝手に「批評」し合うことのできる、毎月の楽しい例会のひとときをありがとう。そして、僕たちの作品を添削してくださっている新日本歌人協会の松野さと江さん（先生とは間違っても呼ぶなとおっしゃるので）、ありがとうございます。

「現代短歌社賞」選考委員として歌稿をお読みいただいた安田純生先生は過分な跋文を書いてくださいました。ありがとうございます。

歌集出版にあたり、現代短歌社の道具武志社長、真野少氏には大変お世話いただきました。ありがとうございます。

二〇一六年二月

岩瀬順治

著者略歴

岩瀬順治（いわせじゅんじ）
1952（昭和27）年香川県生まれ。生後間もなく京都へ移り、高校卒業まで京都で暮らす。大学卒業後、岡山県倉敷市水島在住。
〈現住所〉
〒712-8061
岡山県倉敷市神田2-13-40-B203号

歌集 附箋

平成28年5月20日　発行

著　者　岩　瀬　順　治
発行人　道　具　武　志
印　刷　㈱キャップス
発行所　**現 代 短 歌 社**

〒113-0033 東京都文京区本郷1-35-26
振替口座　00160-5-290969
電　　話　03（5804）7100

定価2500円（本体2315円＋税）
ISBN978-4-86534-159-1 C0092 ¥2315E